URUTAU 10 ANOS

EDIÇÃO
debora ribeiro rendelli
tiago fabris rendelli
wladimir vaz mourão
REVISÃO
e. a. meneghin
PROJETO GRÁFICO
wladimir vaz mourão
IMAGEM DA CAPA E ILUSTRAÇÕES
diego garcez
FOTOGRAFIA DO AUTOR
cedida por constanza solórzano
IMPRESSÃO
iverso
ISBN
978-85-7105-324-3

editado em outubro de 2025

— O

DIEGO GARCEZ

AVESTRUZ

PEQUENO ESTUDO SOBRE A PRONTIDÃO

URUTAU 10 ANOS

EDITORA URUTAU

rua dr. manuel pacheco nobre, 109, 4° esquerdo
2830-080
barreiro (setúbal)
portugal

rua do cajú, 478
jardim das cerejeiras, 06724-015
cotia-sp
brasil

[+351] 928053619 [portugal]
[+55] 11 9 4859 2 426 [brasil]

www.editoraurutau.com

sumário

com a minha inocência e o meu pavor

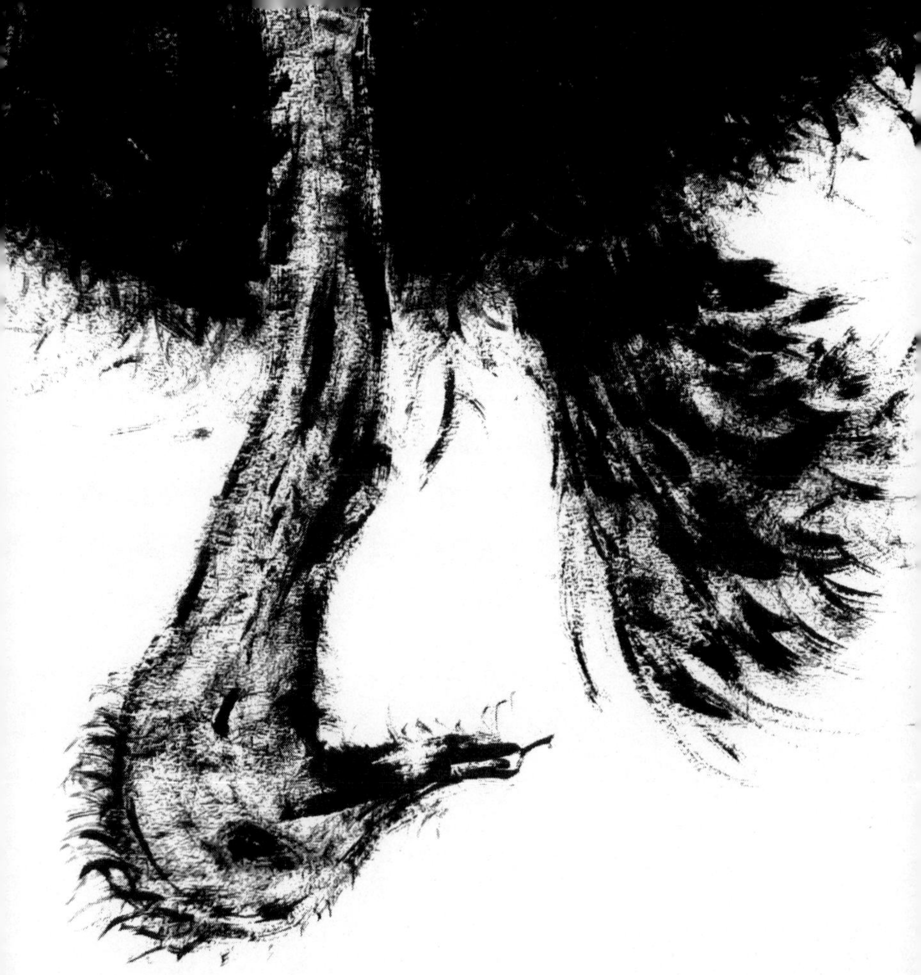

Capítulo 1

dois adolescentes embriagados, dia amanhecendo, resolvem pegar a estrada de volta para casa, o carro começa a sair da pista, ambos adormeceram, o carro trepida, a roda chega cada vez mais perto do desfiladeiro, eu acordo meu amigo ao volante, o livro começa.

a pintura entrou assim em minha vida, no susto e em movimento. não houve antessala.

não estou pronto, estou em prontidão e é isso que importa na pintura. essa prontidão deve ser exercitada, mas em boa medida também vem pronta.

é preciso bastante prontidão para pintar.

em 2020 conheci o afonso, meu professor de pintura.

sento com afonso à porta da igreja

ele desenha numa folha
e fuma

júlio pomar atravessa
caminhando
a carregar uma porta com dificuldade

afonso me pede um poema
já estando em toda minha pintura

a lua de lisboa
nossas cabeças
não há como fazer o que já está pronto

a poesia nasce pela palavra, logo após a alfabetização, aos sete anos lembro de fazer poemas de amor.

meu pai é poeta, homem apaixonado, depois que me apresentou seu livro de poesias datilografado, a prontidão se instalou.

o livro com poemas de meu pai é comido por traças neste exato momento na garagem de minha mãe
não foi publicado

azul cobalto azul azul
marinho ultramar baco exu
do blues
dar nome a cor dar nome a acorde
acorde!

todos se arrumando para sair de casa, eu escrevendo este livro, sairei desarrumado, os artistas pensam fazer algo mais importante

acredito em horóscopo
da mesma forma que acredito em deus
quando quero e me interessa
ao fim ao cabo
só sabemos inventar ferramentas

o traço como paisagem de nós mesmos

desenhamos antes de falar, a escrita nasceu a partir do desenho

avestruz era o desenho de um avestruz

depois de muito tempo chegaram em um alfabeto, essa solução engenhosa de dar símbolos a letras que representam som, que formam palavras, concatenam frases, inventam histórias

foi uma volta muito grande até chegar de novo no avestruz

o avestruz desenhado, já toda a história

se mais veloz ou preguiçoso em fuga ou alimento dono ou propriedade o dia nas penas a luz da noite ou de ontem tudo se conta em um único desenho

aprendi isso com afonso

olhou meu desenho e disse

nesse traço, estavas com medo

esse outro corrias como quem mata

meu avestruz metade pavor metade fome

chegou a hora de sair de casa

vestir uma roupa normal

ter uma conversa normal
fingir modos
os artistas fazem mesmo algo mais importante
para si
isso já é muito.

Capítulo 2

mas a porra da vida só acontece cá fora
lá dentro
a vida dentro da vida
escrevendo em pé num restaurante lotado
meio bêbado
atrapalhando a passagem
há um pouco ou um muito de petulância em todo artista

sabe aquela coisa do picasso de inspiração existe, mas tem
que me encontrar trabalhando... isso é prontidão

dois minutos depois de foder penso em pintura,
é o caso agora

imediatamente depois de um bom sexo, há a certeza de que a vida já valeu a pena se findasse ali

imediatamente depois de uma boa pintura também

escrever, pintar, atuar, dançar e afins, quanto mais parecer vida acontecendo melhor, pois é algo muito distante da vida acontecendo. muito distante. existe um momento de criação, do artista dentro do ateliê e um outro momento, dessa arte na vida dos outros, não tem absolutamente nada a ver. da porta para fora, tudo é rua e na rua é onde tudo acontece, menos a arte. a arte acontece nos bueiros, buracos dentro de nós.

a prontidão é um pouco esse processo de cascavilhar buracos. quando encontrados pode jorrar óleo para sempre

se não me policiar, só pinto, não escrevo, a pintura é gesto primário, a escrita é muita engenhosidade de linguagem, limite de folha, padrão normativo, esquerda para direita, linhas, caixa. o desenho piora muito

o que era solto e expressivo, começa a mancar uma formalidade escolar, seguimos coxos até a morte

penso em escrever algo, escrevo diferente, deixo o texto me levar, em algum momento o texto influencia mais o pensamento do que o inverso, assim é a pintura. existem duas frases que resumem tudo sobre a pintura, nada resume tudo sobre nada, mas essas máximas de impacto são importantes para acharmos que conseguimos compreender o mundo, compreender o mundo é algo que só acontece no campo das abstrações limitantes, aquelas que nos levam a diminuir tudo até ficarmos tão pequenos que caibamos nelas.

as duas frases são: "a pintura vem da pintura" de picasso e "meu trabalho é só retirar e pôr" do júlio pomar.

esse pequeno estudo sobre a prontidão podia terminar aqui, mas serve para me dar propósito e um pouco de perspectiva sobre o que faço, vai continuar mais um bocado

todo pintor em momentos diversos do seu trabalho pensa ser grande, ou na possibilidade de ser grande, isso é uma bobagem sem tamanho, fruto unicamente de como as coisas acontecem na rua. a compra e venda, a mercearia da esquina, rapaz de terno bonito, propaganda passando na tv, mas o trabalho dentro do ateliê é uma reza, ninguém

espera que sua reza seja reconhecida no mundo, talvez por um deus, e olhe lá, rezamos para nós mesmos, até deus é secundário nessa história. o ato de rezar em si mesmo.

não quer dizer que não queiramos reconhecimento, qualquer animal almeja algum, especialmente aqueles com tamanhas complexidades e que passam horas sem fim gritando em telas. é natural esperar que esse grito seja escutado um dia, de alguma forma. mas isso não quer dizer que este seja o fim do trabalho, se for haverá problemas. a desistência no campo das artes, especialmente na pintura, é altíssima. o mundo gira em outra sintonia, não dá para esperar que os carros parem para nós passarmos, eles não pararão. atropele-se. se a pintura não se tornar uma reza, corre-se risco de ficar no meio do caminho, seja pela desistência ou pelo lugar comum.

o ego tela bonita numa péssima pintura

Capítulo 3

toda boa pintura é uma procura

se os rastros, gestos, camadas dessa investigação não puderem ser percebidos em maior ou menor grau, o trabalho é estéril. essa perseguição também pode ser evidenciada por uma trajetória. um trabalho por si só, por mais mágico que seja, jamais será tão relevante quanto uma trajetória. por isso, não desistir é tão importante e por isso o foco deve ser sempre a prontidão, não a pintura.

a reza o foco, o milagre a consequência

no domingo dizem que até deus descansou, dificilmente eu pinto no domingo, não por religião, mas cansaço mesmo.

a pintura cansa, fico acabado depois de seis ou mais horas de trabalho. muito mais do que qualquer outro trabalho. nunca sei ao certo o porquê, mas deve ter a ver com a tal busca. uma hora perdido procurando o caminho desgasta bem mais que uma hora em estrada sólida. chego no domingo aos cacos. pinto todos os dias, alguns mais, outros menos. em alguns dias a pintura é escrita ou limpeza, mas não há um dia em que não frequente meu ateliê, preciso de oração. mas o espírito também cansa, não adianta, tudo tem ciclos, assim como o dia, como a pintura. no descanso a tinta seca, a busca cessa, um afastamento crucial acontece, para estarmos menos inebriados do estado de criação quando voltarmos a olhar os trabalhos, nessa hora haverá sempre mais clareza no olhar e nas decisões. a maturação é crucial para a pintura, a maturação dos dias e a maturação dos anos.

o tempo é o melhor pincel.

sobre os ciclos e os dias, energia em que as horas mergulham, a manhã, segunda-feira, a digestão pós-almoço, pausas, as obrigações cotidianas, estações do ano, os sonhos, as marés, as topadas e dramas familiares, tudo isso na pin-

tura, na pincelada, na cor, nas escolhas de materiais, dimensões e suportes. por isso o ato de estudar e gerir nossa energia é o ato de compreender a prontidão. a prontidão mais importante do que a própria pintura.

a pintura milagre diário, a prontidão a reza

Capítulo 4

fui e sigo sendo salvo pela mpb, creio que toda minha sensibilidade artística reside na música popular brasileira. cresci sobre seus lençóis e sigo sob seu teto. não me preocupo se um dia deixarei de ter vontade de pintar, tenho a mpb, gil, almério, caetano, cazuza, o suficiente para minha existência. betânia, chico, gal, belchior, gonzaguinha, ultrapasso-me, puta que pariu, como somos abençoados por dividir a existência com esses gigantes. fui salvo, dentro do trânsito que nos leva ao inferno, pela música. não tive qualquer instrução artística maior, uma aproximação profícua com os pichadores da rua, algumas pichações na escola, uma suspensão, um curso de tinta a óleo na adolescência, a poesia de meu pai e alguns livros na biblioteca de casa, essa teria sido toda minha licenciatura, se não houvesse a mpb na rádio pela manhã, na rádio de volta, no som de

casa durante todo o fim de semana, no violão do amigo, na prova de português, na aula de literatura, em todos os lugares. minha geração foi salva pela mpb. uma criança ouvindo pela primeira vez águas de março com tom e elis é capaz de criar qualquer coisa. mpb prontidão pura.

Capítulo 5

o céu de lisboa agora, outono perto de inverno, anoitece por volta das dezoito horas, faz frio e está nublado, uma luz cinza azulada sobre o tejo, perseguida por uma luz alaranjada de fim de sol e uma luz branca ecoada nas nuvens do estádio dos belenenses, preto e branco, com muito pouco de azul e possíveis traços de verde. só tenho as cores primárias, o branco e o preto no meu ateliê, o afonso me proibiu qualquer atalho. criar nossas próprias cores traz um grau de autonomia e força importantes para o trabalho, encontramos cores inusitadas e costumeiramente mais bonitas que as cores prontas e economizamos dinheiro. dinheiro nessa equação é mais importante do que gostaria, ouro é barato, caro é material de pintura, quem está fora desse mundo não imagina o buraco sem fundo que um artista se

mete ao assumir-se artista, é a roubada mais bacana em que já caí, não menos perigosa

dois adolescentes na estrada param o carro assustados, a adrenalina faz repor os sentidos, eu olho para afonso

o processo de preparar cores é talvez um dos estágios mais avançados de prontidão, fujo com frequência ou subverto ao meu modo, não sei seguir receitas, e preparar cores é pura cozinha. quem cozinha bem vai conseguir achar as cores com maestria. seja pela intuição, seja pela receita. fiz um teste com minha mãe no ateliê, ela uma ótima cozinheira intuitiva, encontrou as cores como quem ferve um peixe, é por aí que navego. mas depois que comecei a pintar, perdi o gosto pela cozinha. às vezes penso que se rico fosse, minhas cores já estariam em outro nível, compraria todas e as teria aqui comigo. um pouco de atalho não faz mal a ninguém, o caminho é longo. mas sou grato a afonso, porque o dinheiro é curto.

ateliê e cozinha muda-se só os temperos

ainda sobre o cansaço da pintura, há um quê de terapia, não coisa lânguida e calma que povoa imaginário comum, pintura não relaxa, ninguém dorme pintando, a pintura tira o sono, consome energia, leva a estágios mentais diversos e limítrofes, frustração e descobertas extremas várias vezes ao dia, prontidão, mas sim tem algo de psicoterapia. ao fim da sessão nunca saímos iguais, e se a sessão foi boa, o mundo pode desabar que estaremos de pé.

Capítulo 6

tenho ansiedade, não tenho pressa

a pintura é longa distância, é preciso descansar correndo, minha principal estratégia para o descanso é um respeito sagrado à preguiça. preguiça também é prontidão. dorival caymmi pintava e respeitava o tempo das coisas, dizia não ter tempo para pintar, a pintura requer, sobretudo, tempo, e a pintura também requer preguiça. não se amadurece na pressa com fermentação natural, a pintura é analógica, tudo que for digital não é pintura, é preguiça transformada em trabalho, a preguiça é sagrada, quando não a respeitamos corre-se esse risco, de levá-la ao trabalho, aí nascem os enganos. artistas guardam um quê de bagunça embaixo das axilas, transtornos, compulsões, ansiedade como moe-

da de troca, há de se respeitar a preguiça como salvação, nesse terreno de estrondos a preguiça bem vivida salva obras, principalmente as ruins de existirem.

quando não é hora de pintar, não pinte, mas nunca deixe de limpar os pincéis

ultimamente não tenho limpado meus pincéis, pinto até o entrar da noite, toco a estafa, fecho um pequeno ciclo no ateliê, preciso pegar meu filho na escola, preparar o jantar, algumas vezes ainda volto para pintar, os pincéis ficam dentro da água para o outro dia, e o outro dia, e às vezes o outro dia, limpando-os sob demanda, tenho protelado a prontidão básica do trabalho de um artista, limpar os pincéis. não há nada mais chato, é como cortar os pelos do cu para quem não recebe sexo anal, ninguém vê aquela porra e dá trabalho, mas considero importante limpar os pincéis, cortar os cabelos do cu já desisti há muito, meus pincéis molhados de um dia para o outro, é cansaço, não é preguiça

preguiça da vida

não é cansaço
limpar os sapatos cheios de lama
colocar o pão na torradeira
fazer conta nos bancos
acordar
ver tudo de novo
o verão de são martinho
as festas dos santos
natal insuportável
ninguém aguenta mais aquilo
macaulay culkin dois filhos aposentado
as crianças palestinas carne moída
réveillon time square
vivemos cenografia
nada pior que uma direção de arte bem-disposta
a essa altura do ano
o lima duarte com noventa e três falando que já deu
sou a mãe dele

Capítulo 7

minha família aceita com algum assombro a decisão de me assumir artista, assim como orientação sexual, a gente nasce com e assume ou não no decorrer da vida, mas todos já sabiam o que eu era. novo fazia poemas de amor, aos sete já estava completamente apaixonado e assim segui durante boa parte da vida, bêbado, andava com meus poemas embaixo do braço, a recitar fora de hora, local e tom. era péssimo. eu não entendia aquilo, meus amigos menos ainda.

meu pai saiu de casa, arrumou outra mulher, fui afogar minhas mágoas numa vida adulta precoce, trabalho. ganhar autonomia, provar-me independente. trabalho chato, corporativo, aquela coisa de começar servindo o cafezinho até

tornar-se sócio, cai no conto do empreendedor, eita conversa fiada bonita da gota serena, acordei a tempo, estou aqui artista depois do suicídio pós-falência. sentia que uma hora colapsaria, meu plano de fuga chapada diamantina para sempre, a arte foi o caminho do meio, a loucura suportável.

a quem dorme
ao lado
de um poeta acordado

a quem me faz retornar
de todos os banhos
de mar

a quem me joga ao mar

meu filho machucou o pé fui levá-lo ao hospital, muito tempo de espera, radiografia, apenas uma dor crônica, *patologia de sever*, pinto para e por meu filho, minha esposa e meu filho. me fazem retornar de todo e qualquer banho

de mar, os salva-vidas, resgatam-me do afogamento. a humanidade toda existe porque os tenho. meu filho está pintado no primeiro trabalho à esquerda quando saio do ateliê, acabo de ir ao banheiro e o vi, amarelo, verde com variações de lilás, na porta de seu quarto, um figurativo abstrato que ainda sigo buscando, com muita textura, um dos primeiros trabalhos massa de reboco e tinta acrílica, armazém de alcântara, dinheiro curto, entrei e peguei uma lata para experimentar, desde então não parei de usar, não tenho dinheiro para ser frank auerbach, relevo com tinta óleo. a necessidade, a criação.

logo ao entrar em seu quarto, um trabalho mais recente, juntando meus pedaços, meu filho, expectativa de uma versão melhorada pós-limpeza, de karma, um trabalho limpo, leve e lúdico. seriam chakras? todos os trabalhos que faço levo para eles verem, ele sempre faz uma cara impagável, farei sempre uma pintura nova por aquela cara, minha esposa, um olhar cada vez mais apurado que me causa dependência. lembro de chico se lamentar após a separação da marieta, eu o compreendo. família, terebintina presente em todas as obras

do mundo
deveria incluir o pelo dos meus gatos
na descrição de materiais usados
em meus trabalhos?

sábado mercado de campo de ourique, vinho manoella, bebendo minha irmã, conversa muito normal à mesa, puxei meu filho, fomos atrás de uma bola e o jardim da parada, fome, vivo com fome, atrapalha muito minha pintura, parei numa pastelaria, os portugueses a trabalhar no balcão, servindo com esmero e sobrevivência, balcão iluminado de doces, a boa história portuguesa toda naquela meia de leite, ainda pintarei este balcão, diversas variações de amarelo, bege, carmim, branco, preto, velocidade, desfiguração, luz, leveza e trabalho.

Capítulo 8

já havia voltado a desenhar e pintar diariamente há um ano, senti que precisava de ajuda externa, esse começo é delicado e difícil, almejava encontrar um mentor, uma relação como antigamente, mestre artesão e aprendiz, vivia a plenitude da minha crise com as instituições mas nunca perdi a fé no indivíduo, encontrei afonso. um aviso tosco em seu instagram, curso de desenho, liguei e fui ao seu encontro, ateliê afonso costa, santa apolônia, não lembro bem como foi esse primeiro encontro, pois ao telefone minha intuição já dizia que havia encontrado. nosso foco sempre foi muito no trabalho, principalmente conversas sobre a prontidão, que ele não chama assim. acredito que levei algumas obras minhas e a coisa já começou como é até hoje. esse livro nasceu muito da vontade de registrar esses encontros. mas "a pintura vem da pintura", aqui não

é diferente, muito pouco das sessões de arte que tenho com o afonso estão aqui, ao mesmo tempo está tudo aqui.

o futuro vem do futuro, sílvio meira

afonso tinha vinte e sete anos quando o conheci, com uma maturidade artística que me assustava e ainda assusta, nunca fez outra coisa a não ser arte, formado na infância pelo seu tio artista, cursou a escola artística antónio arroio, de onde saiu júlio pomar, alice jorge, querubim lapa, cruzeiro seixas, mário cesariny, isabel laginhas e outros gigantes portugueses, cursou arquitetura mas não seguiu, seu ateliê centralidade de sua vida. de certo modo, salvou a minha, aprendi seu modo de viver. vida simples, pintura se misturando com vida, como ferramenta existencial e existência, prontidão, exercício constante de sublimar o ego perante o trabalho, a continuidade, a magia do tempo, a pintura como causa e consequência. meu desejo sempre foi gravar nossas conversas, sol se pondo, a abóbada do panteão na sua janela, felizmente nunca o fiz, são raros até os registros fotográficos, quando estamos juntos estamos por inteiro entregues ao compromisso de nos tornarmos melhores através da arte.

adoeci uma vez quando afonso me questionou por que fazia aquilo, eu respondia, ele me questionava de novo, e de novo, e na outra sessão de novo “ainda não é suficiente”, eu voltava para casa e dormia em cima do desespero. “senho miyagi do caralho, isso aqui não é filme porra”, mas deu certo.

na intenção de me tornar uma coisa nova
ando a cheirar o cu do meu gato
já fiquei de quatro algumas vezes cheirando-o
mas faço mais quando ele passa em minha frente à mesa
o desespero de ser humano
é o que me mantém vivo

Capítulo 9

cartas para theo, van gogh iniciando seus desenhos no carvão, mesma angústia, busca sem chegada, entrega completa à arte, o dinheiro um problema, amor entre irmãos, lembro de quando vi a foto do túmulo de theo ao lado da lápide de vincent, me emocionei, enviei uma mensagem para meu irmão, mas pensei "espero não lhe pedir dinheiro"

estudando rodin, diversos exercícios passados por afonso, no grafite, ele me emprestou seu livro de arte, recomendou cuidado, fui a primeira vez ao gulbenkian, desavisado, me deparei com várias esculturas de rodin ali ao meu lado, me emocionei

sobre a pintura como terapia, arte para mim é catarse, poesia estratégia de sobrevivência, angústia quase fora de controle, poesia no papel, me acalmava, a necessidade de re-

citar funcionava como mesmo mecanismo, precisava jogar a merda para o outro, uma vez sacudida não sentia mais o cheiro, me acalmava, acho que ainda segue sendo meu principal impulso de criação, mas hoje também sei fazer poemas após fazer amor.

a arte como deleite e estado de prontidão.

não é por aqui que falo com deus
é por aqui que falo comigo

deus é fraco
fujão do caralho
chamo para briga todo começo de texto
continua me deixando só

sozinho
neste bueiro roto
o diabo também não aparece

deixa o serviço se servir por si
qualquer ação seria atrapalho

no meu trabalho
de soltar novos demônios
através desse diálogo

célere
breve
largo

diabos sobre você
que me lê

é assim que me salvo
sendo seu espantalho

Capítulo 10

pouco tempo depois de chegar a portugal, busquei o teatro comunitário, alcântara, teatro estratégia de expansão, aumento das possibilidades sensoriais, humanas, sinto falta, fui acolhido belissimamente bem, momento de muita fragilidade, imigrante, logo após chegou a covid, sem saber quando o mundo reabriria, nos encontrávamos para recitar poemas, nós e o silêncio, foi mesmo belo

"Dorme, meu amor, que o mundo já viu morrer mais este dia e eu estou aqui, de guarda aos pesadelos.

Fecha os olhos agora e sossega — o pior já passou há muito tempo; e o vento amaciou; e a minha mão desvia os passos do medo. Dorme, meu amor — a morte está deitada sob o lençol da terra onde nasceste e pode levantar-se como um pássaro assim que adormeceres. Mas nada temas: as

suas asas de sombra não hão-de derrubar-me — eu já morri muitas vezes e é ainda da vida que tenho mais medo. Fecha os olhos agora e sossega — a porta está trancada; e os fantasmas da casa que o jardim devorou andam perdidos nas brumas que lancei ao caminho. Por isso, dorme, meu amor, larga a tristeza à porta do meu corpo e nada temas: eu já ouvi o silêncio, já vi a escuridão, já olhei a morte debruçada nos espelhos e estou aqui, de guarda aos pesadelos — a noite é um poema que conheço de cor e vou cantar-te até adormeceres." maria do rosário pedreira

naquela época, chorei imenso quando conheci este poema, alcântara um país em que ainda resido

perdido sobre o homem que sou, serei, a masculinidade massa de bolo, grande animal domesticado, cachorro grande que baba, olhos esbugalhados de medo, festinhas
faço muitos retratos de homens velhos e calvos, fazia

todos esses retratos
são os que foram
agora

um pouco de mim
lá na frente

são meu medo de abdicar
do corte
na barba

de cansar de vez
de tudo

essa profecia autorrealizável
nunca falha

serei eu
esses velhos de cabelos enrolados na orelha
a camuflar
o que sobrou de si

essa voz forte
corpulenta

que ocupa todos os cantos da casa
sem convite

é insuportável

desejo realmente meu silêncio
meu desespero
minha fatia fina de bolo

dê-me meu lanche
com guaraná
que prometo
sentar-me quieto
permanecer quieto
mover-me quieto

fingir que não planejo explodir o mundo
todos os dias pela manhã

Capítulo 11

penso que meu trabalho pode ter algum valor financeiro no futuro, penso sim, vamos deixar de hipocrisia, e penso em caio, meu filho

mas lembro da notícia no jornal, espólio de artista deixado em frente de uma instituição de cultura na esperança de cuidado. alexandre, amigo artista, me alertava, quando morrermos a família não saberá o que fazer com isso, caio saberá o que fazer, se não houver dinheiro, haverá uma festa

esse surto de termos a certeza de que um dia seremos reconhecidos e essa certeza de que não valemos bosta é o grande barato da prontidão, montanha russa escrota, as descidas são incríveis, as subidas, irrelevantes

novembro de dois mil e vinte e três, três anos com afonso, vamos sair para jantar, dançar talvez, houve uma época em

que saíamos para dançar juntos, mas hoje tenho preguiça, talvez visita a uma exposição e uns copos, ler esse texto e encerrar o primeiro capítulo

prontidão estado de espírito
prontidão pintura
pintura

dois adolescentes encontrados mortos dentro do carro

sobre grana, ela aparece, não confie nisso de jeito nenhum, mas ela aparece

desde que me assumi artista o dinheiro tem surgido, não da venda de obras, mas da providência. há muitos anos li um livro de peter drucker, pai da administração moderna, que falava da providência que salva as instituições filantrópicas em situações difíceis, veja bem, o mago da gestão assumindo magia. não acredito que li isso de verdade, mas assim salvei na memória. deveria ir lá revisitar o livro, devo ter ainda na estante, mas tenho mais o que fazer

“quando banqueiros jantam juntos, eles falam de arte. quando artistas jantam juntos, eles falam de dinheiro.” oscar wilde. grande falácia, porque banqueiro pode até falar sobre o mercado de arte, sobre arte é preciso ter gastado um bocado de vida fora da matéria, mas a frase é boa e acho que fica bem aqui

90% dos artistas no momento vivem da providência, porque vender obra é uma utopia real. espero muito reler isso daqui a alguns anos e constatar engano, era apenas o momento da minha trajetória, difícil crer nisso, mais fácil crer na providência

Capítulo 12

azinheira alentejo évora sobreiros montemor-o-novo monsaraz beja, gosto do aspecto rural, simples elegante, do alentejo, ontem estive na exposição de um alentejano, conversa boa, senhor simpático, anos dedicados à arte, conhece ou conheceu todo o mundo, falou de uma oliveira de 3350 anos em portugal, na hora pensei "que senhorzinho mentiroso, cristo mijou nela", mas existe mesmo, em abrantes. tudo muito bom, tudo muito bem, até ele falar da "preguiça dos índios" e outras barbaridades, isso num discurso que iniciou em defesa destes, isto vindo de um artista que já rodou o mundo, residiu no brasil, áfrica etc., progressista, mente aberta. o tal dos discursos antigos impregnados em nossas veias é um entupimento arterial completo, só o infarto na causa

mas gostei do seu trabalho e de tudo que ele disse antes de dizer besteiras, o ser humano é falho, a arte ponto de partida para salvar-nos de nós mesmos, a arte salva-se por si só, vocação nata. se formos colocar todos os defeitos humanos dos artistas na lente dos óculos, receio nada se salvar. quem tem que estar preso, tem que estar preso, picasso um grande escroto, mas sua arte salva. isso reforça minha tese de que somos meros tradutores, exploramos um tipo de linguagem que busca conexão com o metafísico, mas nada passa de uma tradução bem ou malsucedida. isso me ajuda a encaixar melhor dois pontos, meu ego, porque tudo que sair de mim bem-feito não será mais do que o esforço técnico de um tradutor, esforço esse que exige sensibilidade, sensações, espírito, ainda assim, é somente a tradução de algo que já estava no universo. captura e entrega. depois de registrado no suporte, não é mais nosso. o outro ponto é que tenho cruzado com muita arte boa vinda de péssima gente, se eu misturar as duas coisas, meu mundo desaba

na área da sensibilidade

todos com muita experiência

fazem bruxaria

ontem fui apresentado como pintor, por intermédio de um outro pintor, a uma pintora, fiquei feliz, desde que comecei essa trajetória ambicionava ser conhecido como pintor, mais do que ser reconhecido como pintor. ou seja, que as pessoas olhem para mim e vejam um poeta e pintor, isso ajuda a enxergar-me um poeta e pintor. me sentir parte desse mundo justifica minha caminhada pela terra.

ingressei na universidade aos dezessete anos, relações internacionais, comecei a trabalhar logo em seguida, fugindo para bem longe de uma raiz que sabia carregar, reconectar-me com a poesia e pintura, infância pós-velhice, é bárbaro. recompensa a angústia da queda livre. carregava esta ânsia, carrego, da hora em que iria entrar no meu ateliê para trabalhar como mais um dia normal, assim como fazia nos escritórios gelados, e não para provar-me artista, passados quase cinco anos começa a acontecer, não à toa só agora começo a escrever sobre tudo isso

um bebê sem paraquedas
em queda livre
diverte-se tanto quanto o bebê com

Capítulo 13

tenho conhecido mulheres incríveis, respeito o poder feminino mais do que a preguiça, é magia. reflito sobre a magia feminina, não chego a grandes conclusões, mas quando nasce uma menina o milagre é maior. há alguns homens mágicos também e mulheres horríveis, almas doentes, mas entre um bruxo e uma bruxa, confio na magia dela.

montemor-o-novo

se estivesse em recife
recebendo um pedaço de tecido
cozido por nazaré de montemor
pensaria estar dentro de vilarejo do arnaldo
com a voz de carminho

eu em montemor ontem
nazaré e suas cinco filhas
o nome do vasco escrito na parede
um cachorro com otite
e tempo para preparar o almoço

eu moraria em montemor
seria a sexta filha da nazaré
teria o vasco como pai
e limparia a piscina pública
reativaria
para a luiza não tirar mais fotos de ruínas
e todos podermos nadar juntos

duda não tem dúvidas

ofereci um inseto
para quem tem pavor a insetos

jantei brioches e pêssegos
panacotas só mais tarde

agendei um voo a interlagos
sob pretexto de pescar no ibirapuera

máscaras de papel machê sob minha pele
as letras do jornal usado ainda disponíveis

borras de café como guia da vida
já não dou um passo sem consultar a duda

depois que comecei a pintar passei a falar menos, me assusto um pouco com meu silêncio, fui uma criança sisuda, meu apelido zangado, aprendi a sorrir para sobreviver,

tímido, introspectivo e sério, adulto busquei a profissão de vendedor, me fodi, mas vendia, sempre fui bom em relacionamentos, hoje me acho péssimo, tenho a pintura, penso não precisar mais de nada, espero não me foder de novo. mas o fato é que quando comecei a desenhar e pintar diariamente, voltei a ficar mais calado, como se tudo já estivesse sendo dito.

só havendo desenho haverá silêncio
no mundo

dentro do silêncio, riscava meu nome minúsculo nas paredes de casa, para ninguém ver, mas sabia estar ali, havia necessidade do grito, ainda que grito mudo. há de haver silêncio dentro da pintura. senão torna-se só desespero, respirar é importante, levei tempo para entender, o desespero é fácil para mim, gritar a tela, respirar dentro de um ônibus lotado tem sido um desafio, tornei-me claustrofóbico depois de velho, foi quando entendi que não posso sufocar meu desespero

não assino as obras na frente, atrapalha o respiro, suja o trabalho, a quem interessa um nome, se interessar, mais

preocupação com a matéria, arte é metafísica. afonso me ensinou, sem explicar.

mudar para lisboa foi gatilho para atirar em minha cabeça antiga, renascer uma mais antiga, o garoto calado, aproveitei a oportunidade e refiz a vida como deveria ter sido, não dirijo um carro há cinco anos, não compro roupa há cinco anos, cozinho feijão para meu filho há cinco anos, levo ele na escola e voltamos caminhando, ouvindo gil, escrevo e pinto todos os dias, há cinco anos reclamo da vida.

sou um filho da puta
feliz

Capítulo 14

banheira quente, convite para sair à espera, encontro já marcado com a literatura, biografia de pessoa umedecendo no vapor, escrevo, pessoa deixou de encontrar a cecília meireles porque o horóscopo do dia não era favorável, o nome do pessoa será sempre uma boa desculpa, não posso estarei com a joan didion hoje, resido num mundo em que a literatura como desculpa funciona feito trabalho.

esse pequeno estudo é para mim, mais do que para você, já sabia disso, mas ontem descobri de novo. pintar é difícil para caralho, a solidão de um grito no silêncio, o lançamento de seu corpo na contramão, acostamento inexistente, boa parte do meu estudo sobre prontidão é fazer frustração matéria de tinta para suporte. frustração é inevitável na pintura, na vida, processo, a pintura vem da pintura, lembra, expectativa é sempre lodo, já na largada perde-se,

território movediço etéreo, a raiva terebintina dissolvendo cor. o método científico ajuda, largar com hipóteses, um feeling aguçado que aponta caminhos, algum momento sensações muito claras de onde queremos iremos chegar, mas as evidências da matéria é que nos guiam. descartes pintava? algo diferente disso enrijece a pesquisa, diminui o processo, encolhe a descoberta. o foco no método. fácil falar difícil fazer, tenho melhorado, mas no caminho me pego desesperado para chegar. sei, o desespero me impulsiona, mas infantilmente sofro, não seria necessário. minha ambição é tornar pintura prontidão e nada mais. todo o resto consequência sem importância. se um dia lá chegar, serei um homem liberto. bela lápide, "um sentinela em liberdade"

na poesia já consigo um pouco mais, faço há mais tempo, há vários caminhos, mas são justamente essas em que no meio estava vivendo só o meio, sem almejar fim, que mais simpatizo. na pintura o mesmo.

a prontidão funciona para tudo, especialmente para nada.

afonso cansa de me falar, camadas e mais camadas para acomodar um método, que será só seu, um método como ferramenta é grama verde na hora da queda, mas sigo adorando flertar com o desespero. sou viciado numa epifania

pós-drama, vi muita novela, então sigo usando apenas 36% do que sei que deveria aplicar. afonso me fala a mesma coisa há três anos para eu melhorar 1% a cada mês, ele é muito paciente. não me falta compreensão do todo, mas na hora do ateliê preciso confiar em meu descontrole. sigo intuindo que para absorver maestria metodológica preciso tocar na maestria do impulso. essas coisas trocam mensagens, marcam encontros, e muitas vezes já saem para passear.

descobri um furo no pé
borbulha na banheira
ando inchado
água suja
mijo meu
e resto de tinta
sou uma infiltração

banho-me com as pernas para o ar
sou um balão

o método da prontidão de afonso: preparação do ambiente, preparação das cores como quem medita ao fazer pão cedo, visualização da obra, anotações e entendimento sobre a sensação, materialidade, cores e formas almejadas, estudos como forma de ingressar na bolha criativa e começar a tocar na materialidade visualizada, depois lançamento dos trabalhos, nunca só um, no mínimo três, idealmente cinco ou mais, vários trabalhos ao mesmo tempo respirando, para nenhum sufocar, enquanto eles respiram nós trabalhamos. pronto. só isso. um pequeno tratado sobre pintura acaba aqui.

não acaba porque isso é difícil para caralho, ainda acho que se afonso não tivesse me dito para fazer eu já estaria fazendo, meu charme reside em subverter e boicotar

não existe boa arte conservadora, então perco a pintura, mas salvo o espírito

novos barulhos
incomodam menos que o som das moscas
novo continente velho

andaimes
sobre o chão
sem encostar a terra
novas formas de vida bactérias
meu sistema nervoso
papel e jornal
egon schiele morre
três dias após sua esposa
um bebê de seis meses na barriga
desenhos bonitos
uma tragédia
procuro novos barulhos
e a esterilidade

no caminho me perco, xingo afonso, ainda faltam palavrões a serem inventados, xingo os palavrões, a parede do ateliê derrete, autocomiseração, revolta e descoberta. esse é o meu método.

a calma do encontro faz a banheira quente gelar
pessoa seca
cecília segue esperando

Capítulo 15

proporção áurea, luz, sombra, gramagem, dureza do grafite, pigmentos, linho, algodão, cobre. rothko, pollock, matisse, tarsila. tereza costa rêgo. depois de velho não aprendemos teoria que não seja prática. tudo que leio ou ouço sobre pintura é tremoço.

"eu sou poeta", um embaraço e uma acusação. um poema é sempre o registro de um fracasso. ben lerner em ódio a poesia.

afonso agendou uma sessão de modelo nu com inês. as sessões de modelo vivo são prática clássica em belas artes, quando a teoria vira buceta. foi bonito ver buceta como arte. todo meu desejo pelo corpo feminino tornando-se tra-

balho e carvão. todos deveriam fazer sessões de modelo nu como limpeza de karma. entender a anatomia humana, o corpo como planta, raiz, pedra, árvore. a arte como espírito. inês artista plástica e modelo. o joelho dela me ensinou um traço reto na patela e a linha do seu ombro me ensinou o limite entre desejo e arte.

trabalho muito com minha energia sexual, não entendo de chakras, mas sei que tem algo do cóccix que vai para as pontas dos dedos quando pinto ou escrevo. quanto mais pinto, menos me masturbo. muitas vezes já tive que decidir entre uma punheta ou um poema. a nossa energia sexual é espírito em dança, sexo é do campo do sagrado, ser humano, vocação em desenfeitiçar o belo, morramos com a pornografia.

I

havia uma poesia fértil a ser escrita
papel limpo de esperma no lixo
poesia suja de esperma aqui

escrever poesia ou masturbar-me?

masturbo-me, poesia é o quê?
depois a mesma calmaria

punheta
poesia

the same thing
the same finger
the semen

II

um mundo com mais poesia
seria um mundo estéril?

é por isso que o governo nos controla
e a economia não nos consome?

III

mais poesia
menos circo
menos circo mais conversa
mais conversa menos controle
menos controle mais sexo
mais sexo menos poesia
menos poesia menos poesia

Capítulo 16

o batalhão da polícia treina em minha rua. corro atrás deles para certificar que consigo acompanhá-los. na necessidade, só preciso disparar um pouco antes.

a escola foi sofrimento para mim, todo dia deixo o meu filho nela, rezando, ele resmunga. resumo de boa parte da vida, reza e resmungo. não deveria ser assim.

todos que fazem comércio no lugar da arte têm os direitos garantidos pela constituição, não por esse livro. vão se foder.

lacrar já foi o lugar da arte, agora lugar comum, restou o silêncio

lucrar, o lugar da arte

não fazer nada é fazer muito. indígena em belo argumento de que não intervir na floresta é cuidar dela.

um tiro de canhão, os pássaros são os que mais sofrem

hoje vou pegar meu filho mais cedo na escola sem ele pedir

festinhas para carinho foi a melhor coisa que portugal já inventou

pela manhã, quando caminho, esses textos vêm à minha cabeça, acabo de batê-la em um poste

ao redor do buraco, tudo é beira, dizia ariano, ao redor da pintura, tudo é pintura

convite pré-anunciado nunca chega
nuca nua rouba atenção

a pressa inimiga da arte
eu correndo para o gulbenkian
tornozelo de zinco
lua ananás
minha sorte toda já gasta este mês
esôfago entupido de ópio
minha canela o peso dos ossos
bato o rosto no poste com máxima força
finjo que foi sem querer

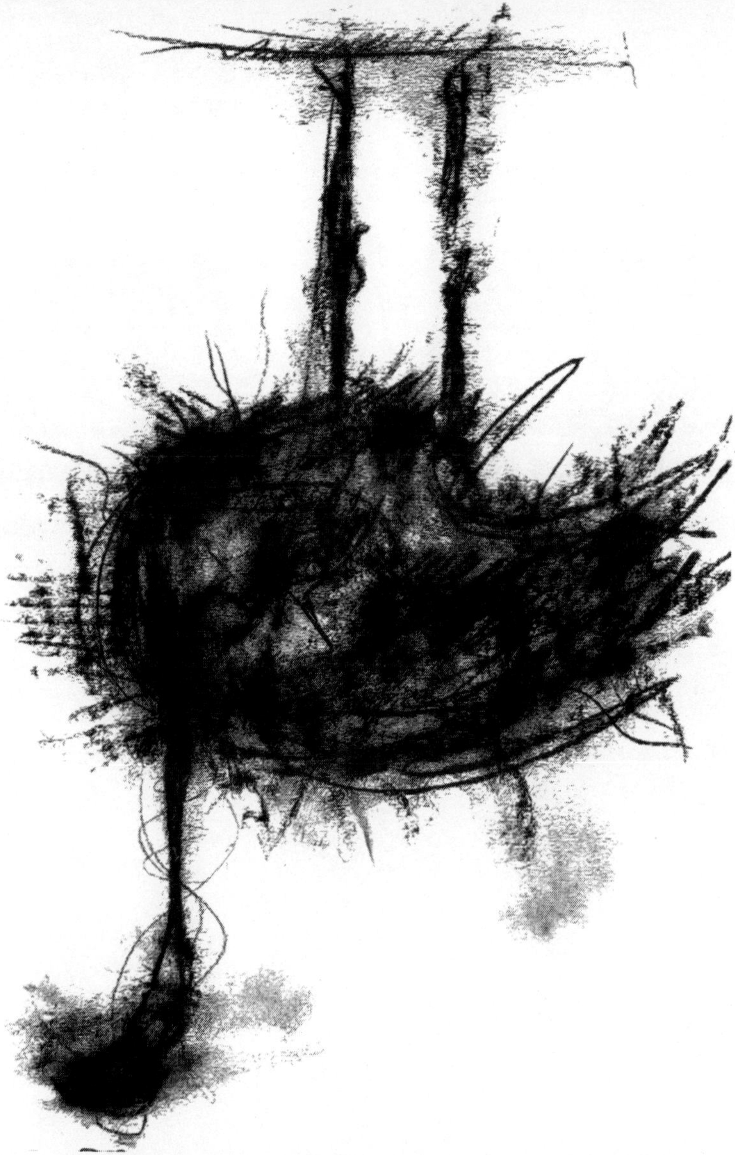

Capítulo 17

tenho uma relação profícua com os pelos, credito-os à verdade, os pelos dizem tudo sem nada falar. essa onda longa de aniquilação é a mesma onda longa da desonestidade. depilação a laser cheque especial. somos bicho, achamos ser gente pelo corte da navalha, todos nus no inverno e a verdade de volta.

os pelos na pintura trazem graça, não gosto da gata no ateliê, ela come minha planta, mas seus pelos nas obras são testemunho, nessa casa houve vida, os artistas nunca são tão sós como dizem

os pelos pintados na pintura, sempre são manchas, nunca pelos, adoro fazer barbas, gosto da minha barba, igual à

de meu pai, mesma mancha grisalha, havia uma foto em casa quando meu pai visitou uma universidade no canadá, ele chorou, o sonho dele era um doutorado fora, acabou de ter uma filha aos 73 anos, prova-se poeta, é muita vocação para o amor

fiz as barbas do valter ontem de novo, em aguarela, para ilustrar este livro, enquanto escrevo pinto, aguarela melhor que aquarela, ponto para portugal de novo, tudo em aguarela tem mais cara de poesia, poesia visual, foi uma pergunta, poesia e pintura numa coisa só, procuro

as barbas do valter são bonitas como as de meu pai

o valter é uma coragem para mim, apenas escrevia quando então fiz um desenho dele com peitos, ele publicou, "trabalho lindo", o valter me fodeu, fez acreditar em mim. meu trabalho nem era trabalho ainda, mas o valter já era o valter. desde então sigo acreditando em mim, duvido todos os dias, mas às noites acredito. em seguida consegui trocar um trabalho com ele, está aqui ao meu lado no ateliê, um alazão azul, lindo, assim o batizei, a letra dele é difícil de

entender, o valter hugo mãe é meu santo das artes, e do trabalho.

o valter, quando pequeno, milagrinhos, quando grande, mil milagres

escrever como quem arranca pelos

I

escrever como quem destempera uma comida
retirar o sal
retirar a cebola
caçar os pedaços de alho
descozinhar o arroz
juntar os pedaços da cebola
colá-los
um a um

escrever é pedir mais tempo para o fim
implorar ao fim, dure mais
não a repetição da experiência toda
muito menos o clímax
apenas o fim
em moto contínuo

perceber que as horas deveriam ter outro nome
imediatamente dar novo nome

colocar cheiro em papel
esfregá-lo em axilas
a primeira coisa que faço com um amante
pedir-lhe para esfregar o papel que carrego em sua axila
se ele estranhar o pedido
não sei amar
se ele aceita
viverei com seu suvaco
em meu bolso

II

escrever é amar os pelos
pelo que escrevo
pelo que foi dito
pelo que leio
os pelos seguem dizendo muito mais coisa
e escrever é tentar traduzi-los
num pedaço qualquer
de papel

Capítulo 18

meu ateliê fica em casa, o metro quadrado de lisboa impede grandeza, onde guardar a imensidão, me viro em pequeno mundo gigante, o afonso ensina muito sobre ser grande em ser pequeno, o ateliê dele é maior, mas também pequeno, são anos de experiência em montar e desmontar, espaço pequeno dá muito mais trabalho e eu não sou organizado no ateliê. em toda o restante da minha vida sou organizado, pequeno, no meu ateliê sinto-me gigante, amarrado pela metragem

há uma grande vantagem em ter ateliê em casa, nos fins de semana pinto de pijama, acordo e vou correndo para o ateliê olhar as obras que ficaram secando, não me aguento, pego o pincel e pinto, a fome vence, meu filho vem falar

comida, eu mostro meus trabalhos. terei ateliê fora de casa um dia, depois dele preparar seu feijão só, enquanto isso essa família segue com fome, alimentada de arte.

não sei falar um grande amor, todo poema fingimento, pintura tinta, um grande amor, meus olhos e lágrimas

no meu dicionário, amar é sinônimo de prontidão
das coisas mais difíceis da vida

só não é mais difícil que a preparação de afonso em espaço pequeno, vê-lo pintar dá gosto, a árvore de cores já pronta, cores principais e secundárias, estudos realizados, um percurso de pintura visualizado, obras e mais obras nas paredes, toda a igreja preparada para a invasão da bruxaria

há uma semelhança entre isso e investimento de alto risco, um venture capital espera lucrar expressivamente com uma ou duas empresas das dez a vinte em que investe, com as obras é a mesma coisa
o lucro não vem da venda, mas também é expressivo

vender barato, perder sono e sonho

as obras de afonso não procuram venda, é acúmulo de ri-
queza

investimento de alto risco, papel, usamos o mesmo suporte

a especulação imobiliária sabe disso

despe-me disto que ancora os cruzeiros

sou ar penetrado de fuligem
pó

privado de toda sordidez
sou sórdido

do baixo de minha torre baixa
grito baixinho
mas grito

chego em canto nenhum
mas chego

pensando que poderia ser grande

ser pequeno é ser cristo
sou jesus
foragido antes da cruz

Capítulo 19

as interrupções, pior coisa para a pintura, não consigo fazer nada de útil em menos de duas horas

um filho não leva apenas nove meses e um amor
na paragem para buscá-lo
uma semana muito pouco para a pintura
um mês, uma semana
um ano bem menos que um ano
uma vida é o mínimo

sempre intuí, é possível trabalhar a sério em algo de longo prazo com prazer, deve ser na área de biomedicina, na pintura só reclamo

o tempo mais longo é o do acaso, acontece logo, mas demora

o acaso, providência em prontidão

para a poesia esperei duas gerações

Capítulo 20

das coisas que não nascem por dinheiro,
fico com o desenho
o desenho é anatomia cósmica,
influência ancestral, nas suas mãos
a ancestralidade come, nêgo bispo
a queda mais séria, corte de pontos,
o quarto dividido, nada foge do desenho
boca torta cachimbo do avô
caverna de lascaux
nossa mão nossa mãe
reage a tudo
voz ainda cabe pouco disfarce, mão vida própria
não há volta, não há camadas, a profundidade pelo impacto

ou é ou não é

poesia, desenho. pintura, romance.

sem as aulas de desenho do afonso, seria só coragem.

uma mesa posta, escultura roubada,

os lápis bem separados,

a borracha no lixo e minha mão

o lápis segmento do corpo uma única energia orgânica
uma dobra no ombro uma dobra no cotovelo dobra no punho os dedos magia

lápis prótese

como o olho olha

o carnaval de olinda, as aulas de desenho dele

ao menos uma vez na vida vá

muita tarefa para casa, linha, linhas, hachura, traços, soltura, surto

desenho na rua, desenho de movimento, anatomia, animais, mão, cabeça, corpo, têxtil, cadáveres, natureza, casa, praia, parque, perspectiva, fuga, pau

as baratas, o desenho, a poesia

no oitavo dia, foram feitos

Capítulo 21

quando comecei queria fazer igual ao edvard munch, figurativos delgados, narrador onisciente

o esboço da menina doente, sua irmã que morreu, desenho em preto e branco, é das coisas mais bonitas

no ateliê de afonso, em exercício, fui para outro lado, e o munch, perguntei

e o garcez, ele perguntou

antonio bispo do rosário, arte sem pretender arte, apenas espírito, resume tudo que tento dizer

uma janela no bairro além da minha, ateliê, passo naquela rua, vejo os potes de tintas, sinto-me mais que um

a janela fechou e nunca mais foi aberta

descobri que sozinho no ateliê seguiria sozinho no ateliê, até conhecer a cris

mulher, nordestina, arretada, essa ligação da terra é o que ainda sustenta o sindicato

da humanidade

olhar-se no espelho entre os nossos, por vezes dói, enxergar nossa condição, mas ao nos vermos muitos, os outros são poucos

comunidade

quanto mais africano mais nordestino, quanto mais nordeste mais áfrica, chico césar

toda minha cognição reside em minha espiritualidade (nota mental: não desconectar)

um pai desesperado por perder o filho na praia, última vez que o viu, o menino foi se banhar, já estava a quilômetros do local, caminhando em moribundo, gritando pelo nome, o acompanhei a gritar, não sabia o que fazer a não ser ingressar em sua loucura

houve um mesmo dia em que vi dois corpos afogados, um deles as pernas roxas para fora do carro, virei o rosto do meu filho, depois voltei para ver a viúva com as duas mãos no rosto, sentada, pendendo para baixo

voltar foi uma escolha

criança, vi muitos corpos mortos em piedade, baleados, atropelados, afogados. meu amigo ligava para avisar do defunto, pegava um pacote de biscoito, íamos assistir as moscas nas bocas, achávamos que era uma escolha

eu nunca matei ninguém
por escolha
desde então prontidão
todo artista é sobrevivente
de um acidente
frase da duda
espero que meu filho seja um matemático

Capítulo 22

os litígios só se resolvem com nanquim

onde pé falhará chão

beijo grego em língua ácida, gosto imenso

satanás lilás, foi como ficou ao final

todos títulos do meu primeiro livro

as notícias boas quando chegam já é tarde, todos os prêmios deveriam ser reservados aos estudantes

após cinco anos trabalhando no livro, recebi a notícia de sua publicação

duda já havia visto numa borra de café

já tão madrugada no processo, só consegui um obrigado em minha boca

depois estive acordado

de prontidão

meu filho não vais à escola hoje, minha celebração, esse sorriso

teu pai é um poeta

primeiro banho sem a urgência de um poema

quando adotamos nina, pensei, será bom para ele aprender sobre a morte. tive vinte e seis cachorros ao longo da vida, enterrei todos sozinho, cavei o buraco para cherry, o coloquei num saco, celina correu numa velocidade que me atravessa até hoje

lembro do corpo duro da lee, envenenada, da morte ter pegado sasha com os dentes cerrados de dor

a nina é uma gata, a primeira, aprender sobre a morte é aprender a amar desesperadamente

escrevo esse texto coberto dos pelos dela, acabamos de namorar

coberta dos pelos dele, ela diria

entendo o mário quintana apaixonado pela bruna lombardi

entendo a bruna ser poeta

seria lindo o mário lambendo a bruna lambendo o mário

avestruz, pequeno estudo sobre a prontidão
é como está o título deste agora
se é pequeno, devo pensar pôr um fim

Capítulo 23

é tarde no ateliê do afonso

li o início deste livro para ele, pela primeira vez, vi os olhos molhados de portugal

a nicole a seu lado, não por acaso

prontidão contato direto com a providência

emocionamo-nos juntos

a ponto de não almoçar, minha maior prova de amor, a nicole me deu seu sanduíche, as mulheres sabem amar mais

estou no caminho de volta, eu, meus desenhos, telas, o sanduíche da nicole, atrapalho e avestruz

preciso fazer meu próprio glossário, tenho preguiça

uma conversa sobre investigação na arte, pesquisa, projeto, eu firme na missão de dificultar criação de discurso

o mundo sem discurso, fidel sem as palavras, só a poesia, a pintura e os bichos

o avestruz é uma espécie de ave não voadora

a maior espécie viva de ave

problema crônico com a secagem, problema clássico na pintura, urgência em chegar à terra firme ou alto mar, vida, secos e molhados, ney matogrosso. ainda não estás a ver a secagem como ferramenta, diz afonso.

o bote levando suprimentos para o navio, é a secagem

não voadora não quer dizer que não sabe voar

o avestruz está sempre em prontidão

quarta-feira, meu amor grávida, o filho não é meu, amanhã chove de novo, lisboa faz frio como todo o inverno é frio, para mim sempre novidade, eu no ateliê, luz amarela, olho a janela, lisboa ainda não acendeu sua luz, me abaixo, pego um copo de água esquecido há dias, bebo e sigo

Diego Garcez nasceu em Aracaju, 1982, e cresceu no Recife. É poeta, pintor e performer. Formou-se em Relações Internacionais e, após desenvolver carreira corporativa vinculada ao Porto Digital no Recife, passou a se dedicar integralmente à Literatura e às Artes Plásticas, a partir de 2019.

Foi cronista de alguns veículos no Recife e publicou seu primeiro livro de poemas, *Satanás Lilás*, em 2024, pela Editora Urutau. Tem realizado exposições em Portugal e no Brasil, e também feito investigações no campo do Teatro e da Dança. Atualmente, vive e trabalha em Lisboa.